AGIDE

VITTORIO ALFIERI

© 2023 Culturea Editions

Texte et illustration de couverture : © domaine public
Edition : Culturea (Hérault, 34)
Contact : infos@culturea.fr
Retrouvez notre catalogue sur http://culturea.fr
Imprimé en Allemagne par Books on Demand
Design typographique : Derek Murphy
Layout : Reedsy (https://reedsy.com/)

Dépôt légal : janvier 2023
Tous droits réservés pour tous pays

ISBN : 9791041845347

ALLA MAESTÁ DI CARLO PRIMO RE D'INGHILTERRA.

Parmi, che senza viltá né arroganza, ad un re infelice e morto io possa dedicare il mio Agide.

Questo re di Sparta ebbe con voi comune la morte, per giudizio iniquo degli efori; come voi, per quello d'un ingiusto parlamento. Ma quanto fu simile l'effetto, altrettanto diversa n'era la cagione. Agide, col ristabilire l'uguaglianza e la libertá, volea restituire a Sparta le sue virtú, e il suo splendore; quindi egli pieno di gloria moriva, eterna di se lasciando la fama. Voi, col tentare di rompere ogni limite all'autoritá vostra, falsamente il privato vostro bene procacciarvi bramaste: nulla quindi rimane di voi; e la sola inutile altrui compassione vi accompagnò nella tomba.

I disegni d'Agide, generosi e sublimi, furono poi da Cleoméne suo successore, che il tutto trovò preparato, felicemente e con grande sua gloria eseguiti. I vostri, comuni al volgo dei regnanti, da molti altri principi furono e sono tuttavia tentati, ed anche a compimento condotti, ma senza fama pur sempre. Della vostra tragica morte, non essendone sublime la cagione, in nessun modo, a mio avviso, se ne potrebbe fare tragedia: della morte d'Agide (ancorché tentata io non l'avessi) crederei pure ancora, attesa la grandezza vera dello spartano re, che tragedia fortissima ricavarsene potrebbe.

Sí l'uno che l'altro, ai popoli foste e sarete un memorabile esempio, e un terribile ai re: ma, colla somma differenza tra voi, che de' simili alla MAESTÁ VOSTRA, molti altri re ne sono stati e saranno; ma de' simili ad Agide, nessuno giammai.

Martinsborgo, 9 Maggio 1786.

VITTORIO ALFIERI.

PERSONAGGI

AGIDE.

LEONIDA.

AGESISTRATA.

AGIZIADE.

ANFARE.

Efori.

Senatori.

Popolo.

Soldati di Leonida.

Scena, il Foro, poi la prigione, di Sparta.

ATTO PRIMO

SCENA PRIMA

LEONIDA, ANFARE.

ANFARE. Ecco, or di nuovo sul regal tuo seggio stai, Leonida, assiso. Intera Sparta, o d'essa almen la miglior parte, i veri maturi savj, e gli amator dell'almo pubblico bene, a te rivolti han gli occhi, per ottener dei lunghi affanni pace.

LEONIDA. Di Sparta il re non io perciò mi estimo, finché rimane Agide in vita. Ei vive non pur, ma ei regna in cor de' molti. Asilo gli è questo tempio, il cui vicino foro empie ogni dí tumultuante ardita plebe, che re lo vuol pur anco, e in trono un'altra volta a me compagno il grida.

ANFARE. E temi tu d'esserne or vinto? Io 'l giuro, e gli altri efori tutti il giuran meco; Agide mai non fia piú re. Ma, vuolsi oprar destrezza or, piú che forza…

LEONIDA. Egli era da tanto giá, che co' raggiri suoi, con le sue nuove mal sognate leggi, tutto sossopra a forza aperta porre, e me cacciarne ardia del soglio in bando: ed io, da' miei fidi Spartani al soglio richiamato, or dovrò con vie coperte la vendetta pigliarne?

ANFARE. Un velo è forza porvi: ei genero t'è. Quel dí, che in crudo esiglio, solo, abbandonato, e privo del regio serto, fuor di Sparta andavi, umano ei t'era. Ai percussor feroci che Agesiláo crudel su l'orme tue a svenarti inviava, Agide a viva forza si oppose; e di Tegéa (il rimembri) salvo al confin ti trasse: in ciò soltanto non figlio ei d'Agesístrata, ed avverso apertamente al rio di lei fratello. Sol del pubblico bene or puoi far dunque a tua vendetta velo.

LEONIDA. Infame dono ei mi fea della vita, il dí ch'espulso m'ebbe dal seggio; e a vie piú grande oltraggio recar mel debbo. Ei mi credea nemico da non piú mai temersi? oggi nel voglio disingannare appieno. In me raddoppia l'esser egli mio genero il dispetto. Genero a me? deh! quale error fu il mio, d'avere a lui donna dissimil tanto data in

5

consorte? Ammenda omai null'altra, che lo spegnerlo, resta. Unica figlia, Agiziade diletta, a me compagna, sostegno a me nel duro esiglio l'ebbi. Abbandonava ella il suo amato sposo, perché al padre nemico; ella i legami di natura tenea piú sacri ancora che quei d'amore: e al fianco mio trar vita misera volle errante, anzi che al fianco del mio indegno offensore in trono starsi.

ANFARE. Pur, per quanto sia giusto in te lo sdegno, premilo in petto, se sbramarlo or vuoi. Io men di te non odio Agide altero; e la sua pompa di virtudi antiche, finta in biasmo di noi. Sparta ridurre qual giá la fea Licurgo, è al par crudele, che ambizíosa stolidezza: è tale pure il disegno suo; quindi ebbe ei quasi la cittá nostra all'ultimo ridotta: e, sconvolta pur anco, in risse e affanni egra ella sta. Ma, van cangiando i tempi: quei traditori, efori allor, che schiavi eran d'Agesiláo, piú a lui venduti che ad Agide, con esso ora sbanditi son tutti, o spenti: e sta in noi soli Sparta. Ma il popol rio, mendico, e ognor di nuove cose voglioso, Agide ancora elegge mezzo a sue mire ingiuste. A schietta forza, mal frenare il potremmo; ogni novello governo erra adoprandola. Deluso, pria che sforzato, il popol sia. Tal cura, che a cor mi sta non men che a te, mi lascia. Ecco la madre d'Agide: gran donna ogni dí piú degli Spartani in core si fa costei: temer si debbe anch'ella.

SCENA SECONDA

AGESISTRATA, LEONIDA, ANFARE.

AGESISTRATA. Chi ne' miei passi trovo? oh! mentre io vado di Sparta al re, cui sacro asil racchiude, quí intorno io veggo irsi aggirando or l'altro re di Sparta novello?

LEONIDA. E il fero giorno, ch'io, re di Sparta, esul di Sparta usciva, ebbi al mondo un asilo? Assai gran tempo dal trono io vissi in bando; e reo, ch'è il peggio, in apparenza io vissi. Avriami ucciso il duol, se in un coll'usurpato seggio restituita la innocenza mia non m'era appieno da un miglior consiglio di Sparta istessa. Il mio rival cacciato, quel Cleómbroto iniquo, a chi il mio scettro signor del tutto allora Agide dava, giá mie discolpe ei fece. A far le sue, che tarda Agide piú? Collega ei fummi sul trono; ancor mi è genero; e nemico mi sia, se il vuole.—Ma, cagion qual altra, che il suo fallir, chiuso or nel tempio il tiene?

AGESISTRATA. A Sparta, e a me, Leonida, sei noto: quai sieno i tuoi, quai sien d'Agide i falli, è brevissimo a dirsi. Agide volle libera Sparta; i cittadini uguali, forti, arditi, terribili; Spartani in somma: e a nullo sovrastare ei volle, che in ardire e in virtude. In ozio vile, ricca, serva, divisa, imbelle, quale appunto ell'è, Leonida la volle. Falli son l'opre d'Agide, perch'havvi copia di rei, piú che di buoni, in Sparta: di Leonida l'opre or son virtudi, perch'elle son dei tempi. Oggi rimembra tu almen, se il puoi, che il mio figliuol mostrossi nemico aperto del regnar tuo solo, non di te mai; ch'or non vivresti, pensa, se cittadino ei piú che re, tua vita non ti serbava, ed in suo danno forse.

LEONIDA. Vero è; nel dí, che il tuo crudo fratello a trucidarmi gli assassin suoi vili mandava, Agide, forse a tuo dispetto, per altri suoi satelliti mi fea vivo e illeso serbar: ma un re sbandito, cui l'onor, l'innocenza, il soglio tolto vien dal rival, fia ch'a pietade ascriva la mal concessa vita?

AGESISTRATA. Al par che grande era imprudente il dono: Agide stesso tale il credea; ma innata è in quel gran core ogni magnanim'opra. Agide eccelso contaminar non volle col tuo sangue la generosa ed inaudita impresa di un re, che in piena libertá sua gente restituir, spontaneo, si accinge. Dal perdonarti io nol distolsi: e forse tentato invan lo avrei: d'Agide madre, mostrarmi io mai potea di cor minore a quel di un tanto figlio? È

7

ver; mi nacque Agesiláo fratello; or di un tal nome indegno egli è. Con libera eloquenza, e con finte virtú suoi vizj veri adombrando, ei deluse Agide, Sparta, e me con essi…

LEONIDA. Ma, non me, giammai.

AGESISTRATA. Noto e simile ei t'era.—A tor per sempre dei creditori e debitor, de' ricchi e de' mendici, i non spartani nomi, Agesiláo, piú ch'altri, Agide spinse. Vistosi poi dal nostro esempio astretto di accomunar le sue ricchezze, ei vinto dall'avarizia brutta, il sacro incarco contaminando d'eforo, impediva la sublime uguaglianza. Il popol quindi, sconvolto e oppresso piú, dubbio, tremante fra il servir non estinto e la sturbata sua libertade rinascente appena, te richiamava al seggio: e te stromento degno ei sceglieva al rincalzare i molli non cangiabili in lui guasti costumi. Il popol stesso, avvinto in man ti dava qual Cleómbroto re pur dianzi eletto: e il popol stesso alla custodia or sola di un asilo abbandona il giá sí amato Agide, il riverito idolo suo.

ANFARE. Piú custodito è dalle leggi assai, che da questo suo asilo. Ei delle leggi sovvertitore, annullator, pur debbe ad esse e a noi la sua salvezza. E a noi efori veri, a Sparta tutta innanzi, ei dará di se conto: ove non reo vaglia a chiarirsi, ei non del re, né d'altri temer de' mai.

LEON. S'egli in suo cor se stesso reo non stimasse, a che l'asilo? al giusto giudizio aperto popolar me pria perché non trarre?

AGESISTRATA. Perché d'armi e d'oro tu ti fai scudo, ei di virtude ignuda: perché tu pieno di vendetta riedi, ed ei neppure la conosce: in somma, perché i tuoi, non di Sparta, efori nuovi suonan ben altro, che terror di leggi. Nulla paventa Agide mio; ma torsi vuol dalla infamia; e darla, ancor che breve, altrui può sempre chi il poter si usurpa.

LEONIDA. Che fará dunque Agide tuo? piú a lungo racchiuso starsi omai non può, s'ei teme la infamia vera.

ANFARE. E molto men può Sparta nelle presenti sue strane vicende d'un de' suoi re star priva. Agide il nome tuttor ne serba; e il necessario incarco pur non ne adempie: mal sicura intanto e dentro e fuori è la cittá; sossopra gli ordini tutti; e manca…

AGESISTRATA. Agide manca; e con lui tutto. Al par di noi ciò sanno i nemici di Sparta, in cui novello fea rinascer terror dell'armi nostre Agide solo. Sí, gli Etoli feri, cui disfar non sapea canuto duce il grande Aráto co' suoi prodi Achei, tremar d'Agide imberbe; antico tanto spartano egli era.—A non imprender cosa or contro a lui, Leonida, ti esorto: che se pur anco, ingiusto spesso, il fato palma or ten desse, onta non lieve un giorno ne trarresti dal tempo, e danno espresso della patria. Non so, se patria un nome sacro a te sia: ma primo, e forte tanto nome è fra noi, che se in mio cor sorgesse un leggier dubbio mai, ch'anco i pensieri, non che d'Agide l'opre, al ben di Sparta non fosser volti tutti, io madre, io prima, il rigor pieno delle sante leggi implorerei contra il mio figlio.—Or dunque opra a tuo senno tu: tremar non ponno Agide mai, né chi a lui dié la vita, che per la patria lor: tu, benché in armi, ed in prospera sorte, entro al tuo core conscio di te, sol per te stesso tremi.

LEONIDA. Donna, sei madre; e d'uom ch'ebbe giá scettro, il sei; quind'io ti escuso. In voi temenza non è; di' tu? meglio per voi: ma Sparta, gli efori, ed io, vi diam sol uno intero giorno, a mostrar questa innocenza vostra, sempre esaltata e non provata mai. Esca al fin egli, e se difenda; e accusi me stesso ei pur, se il vuol: tranne l'asilo, tutto or gli sta. Ma, se a celarsi ei segue, digli, che al nuovo dí né Sparta il tiene piú per suo re, né per collega io il tengo.

SCENA TERZA

AGESISTRATA, ANFARE.

ANFARE. Dal fresco esiglio inacerbito ei parla: ma, non ha Sparta l'ira sua.—Dovresti, tu cui son cari Agide e Sparta, il figlio piegare ai tempi alquanto, e indurlo…

AGESISTRATA. A farsi vile, non io, né voi, né Sparta indurlo mai non potremmo. Che del re lo sdegno non sia sdegno di Sparta, assai mel dice l'immenso stuolo di Spartani in folla presso all'asilo d'Agide ogni giorno adunati, che il chiamano con fere libere grida ad alta voce padre, cittadin re, liberator secondo, nuovo Licurgo. Assai pur alta e vera esser de' in lui la sua virtú, poich'osa laudarla ancor con suo periglio Sparta; poiché, piú del terror dell'armi vostre, può in Sparta ancor la maraviglia d'essa.

ANFARE. Si affolla e grida il popolo; ma nulla opra ei perciò: né i ribellanti modi altro faran, che inacerbir piú sempre contra il tuo figlio i buoni. Assai tu puoi, d'Agide madre, entro a spartani petti, e sovr'Agide piú: quelli (a me il credi) al cessar dai tumulti, e questo or traggi, per poco almeno, all'adattarsi ai tempi. Se il ben di tutti e il ben del figlio brami, fra víolenze e rabide contese, mal si ritrova, il sai. Se in ciò tu nieghi caldamente adoprarti, e Sparta, ed io, e Leonida, a dritto allor nemici crederem voi di Sparta; allor parranno, a certa prova, i vostri ampj tesori malignamente accomunati in prezzo, non di uguaglianza, di comun servaggio. Dell'alte imprese, ottima o trista, pende dall'evento la fama. All'opre vostre generose, magnanime (se il sono) macchia non rechi il rio sospetto altrui, che giustamente voi pentiti accusa del tanto dono; e del volerne infame traffico far, vi accusa. Io tutto appieno, qual cittadin, qual eforo, ti espongo; non qual nemico: a voi l'oprar poi spetta.

SCENA QUARTA

AGESISTRATA.

11

—Tempo acquistar voglion costoro; e tempo dar lor non vuolsi. Ah! di costui la finta dolcezza, e di Leonida la rabbia repressa a stento, indizj a me (pur troppo!) son del destino e d'Agide, e di Sparta. Tutto si tenti or per salvarli; e s'anco irati i Numi della patria vonno sol placarsi col sangue, Agide, ed io, per la patria morremo; a lei siam nati.— Pur che risorga dal mio sangue Sparta.

ATTO SECONDO

SCENA PRIMA

AGIDE.

Pietosi Numi, a cui finora piacque dal furor di Leonida sottrarre l'innocenza mia nota, omai non posso piú rimaner nel vostro tempio. Asilo volli appo voi, perché la patria inferma piú víolenze, e piú tumulti, e stragi a soffrir non avesse: or v'ha chi ardisce a' miei delitti ascriverlo, al terrore di giusta pena? ecco, l'asilo io lascio.— Oh Sparta, oh Sparta!... esser fatal dei sempre ai veri tuoi liberatori? Ah! data fosse a me pur la sorte, che al tuo primo padre eccelso toccò! piú che il perenne bando, a se stesso da Licurgo imposto, morte non degna anco scerrei, se al mio cader vedessi almen rinascer teco il vigor prisco di tue sacre leggi!... Ma, chi sí ratto a questa volta?... Oh cielo! Chi mai veggio? Agiziade? La figlia di Leonida? oimè!... la mia giá dolce moglie, che pur mi abbandonò pel padre?

SCENA SECONDA

AGIDE, AGIZIADE.

AGIZIADE. Che veggo! Agide mio, fuor dell'asilo tu stai? ratta a trovarviti veniva...

AGIDE Qual che ver me tu fossi, amata sempre consorte mia, perché i tuoi passi or volgi verso un misero sposo?...

AGIZIADE. Agide;... appena... parlare io posso;... io riedo a te con l'aspra mutata sorte: il tuo stato infelice staccarmi sol potea dal padre. Il core io strappar mi sentia, nel dí che i nostri figli, e te, sposo, abbandonar dovea, per non lasciar nel misero suo esiglio irne solo il mio padre: né piú vista tu mai mi avresti in Sparta, or tel confesso, se ai crudi strali di fortuna avversa ei rimanea pur segno. In alto ei torna, tu nel periglio stai: chi, chi potrebbe tormi or da te? teco ritorno io tutta: e te scongiuro, per l'amor mio vero; (pel tuo, non so s'io l'abbia ancor) pe' figli che tanto amavi, e per la patria tua, (amor che tu tanto altamente intendi) io ti scongiuro, almen per ora, a porre tue nuove leggi in tregua. Amor di pace, dei beni il primo, a ciò t'induca: il freno ripigliar con Leonida ti piaccia della città, qual per l'addietro ell'era...

AGIDE Donna, d'amare il padre tuo, chi puote biasmarten mai? conoscerlo, nol puoi; l'arte tua non è questa: ottima ognora, e costumata, e pia, tu raro esemplo fra' guasti tempi di verace antico e filíale e conjugale amore, altro non sai, magnanima, che farti fida compagna a chi piú avverso ha il fato. Se mai cara mi fosti, oggi il vederti a me tornar, quando me lascian tutti. certo piú assai mi ti fa cara. Io meno dal tuo gran cor non mi aspettai; null'altro temea, fuorch'ebro di sua lieta sorte Leonida, non forse or ti vietasse il ritornarne a me.

AGIZIADE. Tu ben temesti. Tre giorni or son, ch'ei vincitore in Sparta riposto ha il piè; tre giorni or son, ch'io seco pugno per te. Né, per negar ch'ei fesse a me l'assenso, era io perciò men ferma di ritrovarti ad ogni costo. Ei stesso, cangiato al fine, or dianzi a te mi volle messo inviar di pace: ei, per mia bocca, piena or te l'offre; e supplica, e scongiura, che tu, lasciato omai l'asilo, in opra vogli con lui porre ogni mezzo, ond'abbia Sparta una volta e intera pace e salda.

AGIDE. Ei mi t'invia? sperare a me non lascia nulla di lieto il suo cangiar sí ratto. Ma, che dich'io? sperar, se in se non spera, Agide può? ch'altro a temer mi resta, quando è piú sempre la mia patria serva? quando è piú sempre dal poter suo prisco, dalle giá tante sue virtú lontana?— Io spontaneo (tu il vedi) avea l'asilo abbandonato giá: ragion tutt'altra le astute brame or prevenir mi fea di Leonida... Ah! sí: fia questo un giorno grande a Sparta, ed a me; funesto forse per te, se m'ami... O fida mia consorte, dubitar non ne posso... Ma, se fede presti al mio schietto dir, tu d'altro padre degna, deh! invan non lo irritar; ten prego. Serbati ai figli nostri; ad essi scudo contro alla rabbia sii del padre fero: gli alti pensieri, ond'io ti posi a parte, e che sí ben sentivi, aggiunti agli alti innati tuoi, che dell'amor di figlia son la essenza sublime, in lor trasfondi sí, ch'ei crescano a Sparta e al padre a un tempo. Non assetato di vendetta io moro, ma di virtú Spartana; ancor che tarda, purch'ella un dí dai figli miei rinasca, ne sará paga l'ombra mia...

AGIZIADE. Mi squarci il core... Oimè!... perché di morte...?

13

AGIDE O donna; Spartana sei, d'Agide moglie; il pianto raffrena. Il sangue mio giovar può a Sparta; non il mio pianto a te. Rasciuga il ciglio; non mi sforzare a lagrimar...

AGIZIADE. So tutte del tuo sublime, umano, ottimo core l'atre tempeste; i generosi tuoi retti disegni entro alla mente io porto forte scolpiti; e se, a compirgli appieno, del mio padre la intera alta rovina d'uopo non era, ad eseguirli presta me prima avevi, e del mio sangue a costo... Oh quante volte il padre, sí diverso da te, m'increbbe! oh quante volte io piansi d'essergli figlia! ed io pur l'era; e il sono, ahi lassa!... e fra voi due stommi infelice: e fra voi debbo esser di pace io 'l mezzo, o perir deggio.

AGIDE. Esser di Sparta figlia, e di Spartani madre esser dovresti, se in altri tempi e d'altro sangue nata tu fossi in Sparta. Il non spartano padre non io però voglio a delitto apporti. L'indole tua ben nata, ottima, ed alta, ma non diretta, udia di padre e sposo sol ricordar, non della patria, i nomi: qual fia stupor, se tu piú figlia e sposa, che cittadina, sei? Ma, qual sei, t'amo; né al tuo pensar niente spartano io volli forza usar niuna, che il mio esemplo, mai. Pel nostro amor quindi ti prego, e, s'uopo fia, tel comando; oggi a mostrar ti appresta, che madre sei piú ancor che sposa o figlia.— Ma, qual si appressa orribile tumulto? Qual folla è questa? oh! quali grida? Oh cielo! La madre? e in armi immenso stuol di plebe segue i suoi passi?

SCENA TERZA

AGIDE, AGESISTRATA, AGIZIADE, POPOLO.

AGESISTRATA. Figlio, e che? giá fuori stai dell'asilo? in chi t'affidi? in questa rea figlia di Leonida? Ben io piú certo asilo, ecco, ti adduco; ognora costor fien presti…

AGIDE. O madre, Agide meglio tu conoscer dovresti: o in me mi affido, o in nulla omai. Questa, che figlia appelli di Leonida, è moglie, è amante, è parte del figliuol tuo.—Spartani, ove pur tali vi siate voi, che minacciosi in armi tumultuar quí di mia fama a danno veggio; Spartani, or parla Agide a voi.— Io, contro a Sparta, in mio favor, non voglio armi nessune; asil nessuno io cerco; null'uomo io temo. A dimostrar la mia piena innocenza, io basto: a vincitrice farla davver della malizia altrui, coll'arme no, ma con piú fermi sensi, potuto avreste un di voi stessi darmi giusto un soccorso: ma fia tardo, e vano, e reo (ch'è il peggio) ogni presente ajuto.

AGESISTRATA. E inerme esporti alla maligna rabbia d'un Leonida vuoi? d'efori compri agl'iniqui raggiri? Ah! no, nol soffro; né il soffriran questi Spartani veri, che quí son presti a dar la vita or tutti pel loro re.

POPOLO Per Agide, noi tutti presti a morir veniamo.

AGIDE Agide e Sparta fur giá sola una cosa; or ben distinti gli ha in due la sorte; or, che a far salva Sparta, forse è mestier ch'Agide pera. Il sangue sparger non vuolsi mai; vie men, qualora rigenerar virtú non puote il sangue. Per me morir, voi nol potreste omai, senza uccider molti altri: e in un le vostre e le altrui vite in Sparta, al par son tutte della patria, non vostre. Havvi, nol niego, de' traviati cittadini molti: ma, per ritrargli al dritto, alto un esempio memorabile appresto. A lor far forza potrò con esso; e vie piú sempre voi farò con esso di fortezza amanti.

AGIZIADE. Misera me! tremar mi fai. Che dunque disegni?…

AGESISTRATA. Donna; or per chi tremi? parla; pel marito, o pel padre?

AGIDE Ah! tu non sai, madre, qual rechi a me dolor, l'udirti trafigger la mia sposa! Ella, piú cara che mai nol fosse, appunto a me si è fatta, per la sua vera filíal pietade. Madre, consorte, popolo, mi udite.— Ho fermo in core di convincer oggi anco i maligni, e gli invidi, e i piú rei, ch'io della patria sono amator vero. Ai cittadini, io cittadino e padre, io cittadino e re, null'altro apparvi; se non m'inganno io pur: ma in altri forse da pria destai, con víolenze, io stesso, dubbio alcuno di me: fu quindi ascritto, non a saviezza, a coscienza rea, e a vil timor di meritata pena, questo mio scelto asilo. Agide n'ebbe di volgar re la insopportabil taccia? Qual sia 'l mio core, oggi il vedranno. Oh dolce periglio a me, quel che affrontar m'è d'uopo, per ischiarir qual bene io far tentassi, e l'empia invidia di chi il ben non brama! Per la pubblica causa io re mostrarmi seppi, ed osai; per la privata mia, oso anch'esser privato: e, non ch'io creda convincer ora i tanti iniqui; in core essi giá il son pur troppo; ma coprirli, di Sparta tutta alla presenza, io deggio di vergogna e d'infamia. Essi vorranno accusar me, lo spero: io piú coll'opre, che non co' detti, a discolparmi imprendo: soltanto a Sparta i miei disegni esporre vo' schiettamente pria, soggiacer poscia…

POPOLO Tu soggiacer? no, mai non fia. Noi tutti farem prestarti da quei vili orecchio…

AGIDE Non voi, deh! no: sol per mia bocca il vero fará prestarmi orecchio. E, se a voi cale punto il mio onor; se presso a voi mai nulla io meritai; se nulla in me, se nulla nella memoria almen dell'opre mie sperate poi, pregovi, esorto, impongo di depor l'armi, e meco sottoporvi, quai che sien essi, agli efori. Il tiranno di Persia, allor che apertamente insorti entro il suo regno a se nemici ei trova, col dispotico brando a lor favella: ma il re di Sparta, a lor di se dá conto; e alla calunnia egli da pria ragioni oppon; se invano, imperturbabil alma vi oppon di re.—Duolmi, e dorrammi ognora, che lo stesso Leonida che assale or me cosí, dalla cittade vostra espulso andava, e inascoltato. Ei forse mal di se dato avria ragion; né il volle pure tentar; ma glien doveva io 'l mezzo ampio prestare. Agesiláo la forza volle adoprarvi; io mi v'opposi indarno: non tutti il sanno: Agesiláo vien quindi meco indistinto. Io da quel dí, ma tardi, vedea, ch'egli era uno Spartan mentito: ma mi stringeano il tempo, e l'alta brama d'oprare il bene, a cui l'ostacol tolto di Leonida fero, il campo apriva. Quindi l'esiglio suo, giusto, ma inflitto in modo ingiusto, a pro di Sparta usai.

POPOLO E chi non sa, che a lui la vita hai salva?…

AGIZIADE. Sí, per lui sol l'aure di vita ancora spira il mio padre. Io nel crudel periglio, io stessa, il vidi; agli inumani messi d'Agesiláo giá in mano ei stava quasi, quando opportuni d'Agide gli amici gli ebber fugati, e noi ritratti illesi in securtá.

AGESISTRATA. Quindi pagar nel vuole Leonida oggi, a lui togliendo, iniquo, non che la vita, anca la fama…

17

AGIDE. E questa mai non sta nel tiranno: in me, nel mio solo operar, sta la mia fama.

AGESISTRATA. E nasce sol dal tuo oprar l'altrui livore, e il fermo empio pensier di opprimerti. Ma, viene ANFARE a noi? degno consiglio e amico di Leonida…

AGIDE. Udiamlo.

AGIZIADE. Oh cielo! io tremo…

SCENA QUARTA

AGIDE, AGESISTRATA, AGIZIADE, ANFARE, POPOLO.

ANFARE. Fuor del tuo sacro asilo, Agide, in mezzo d'una tal turba io non credea trovarti. Ma pur, piú grati testimon di questi io bramar non potea. Vengo ad esporti di Sparta i sensi.

AGIDE E son?...

ANFARE. Di pace.

AGIDE E quale?

ANFARE. Vera: ove pace alle tue mire avversa

non sia pur troppo; ove in tumulti e risse

securtá tu non cerchi e in un grandezza.

AGIDE Io discolparmi or presso a te non deggio: forse il farò presso a chi il deggio. Udiamo, di Leonida udiam la pace intanto.

ANFARE. Son io messo del re? Di Sparta io sono eforo; e a te parlo di Sparta in nome. Ove piegarti ai cittadin tu vogli, (ai veri e saggi) e la cittá tranquilla rifar, dannando ogni tua nuova legge tu stesso; il seggio, onde scaduto sei col tuo fuggirne, Sparta oggi ti rende.

AGESISTRATA. Agide...

AGIDE Madre, a te son figlio; or posa secura in me.—Tu, che di Sparta in nome, pur ch'io indegno men renda, il trono m'offri; pregoti, al re Leonida in risposta reca, ch'io seco favellar vorrei, pria che in giudicio a Sparta innanzi io parli.

AGIZIADE. Io pur ten prego, ANFARE, vanne al padre, e a ciò lo induci: a lui ritorna in mente, che senz'Agide in vita ei non sarebbe; ch'ei la diletta unica figlia sua diede ad Agide in moglie...

AGIDE A lui null'altro non rammentar, fuorché di Sparta entrambi siam cittadini; e che il comun vantaggio vuol, ch'ei mi ascolti.

ANFARE. È dubbio assai, s'ei possa,

o venir voglia ad abboccarsi teco,

fin ch'ei non sa, se tu i proposti patti

nieghi, od accetti.

AGIDE In guisa niuna ei puote negar d'udirmi, e nol vorrá. L'asilo io per sempre abbandono; a me dintorno corteggio nullo io vo'.—Spartani, ad alta voce vel grido; io rimaner quí voglio, solo, ed inerme, ed innocente.—

(Il popolo si va allontanando, e disperdesi.)

Il vedi, ANFARE, il vedi; il tempo, il loco, il modo, opportuno or fia tutto. Io fra brev'ora tornerò in questo foro; e quí non sdegni venirne il re. Solo sarovvi; egli abbia al fianco i suoi satelliti: veduti sarem da quanti cittadini ha Sparta, ma non sarem da nessun d'essi uditi.

ANFARE. Poiché tu il vuoi, tosto a recarne avviso a Leonida volo.

AGIDE, AGESISTRATA, AGIZIADE.

AGIDE Io ben sapea con qual esca allettarlo.—Or, donne, intanto io con voi riedo alla magione, e ai figli. Godrò fra voi brevi momenti estremi d'alcun privato dolce, infin ch'io torni al fatal parlamento.

AGIZ. Oh cielo!...

AGESISTRATA. O figlio, che speri tu dall'empio re?

AGIDE. La sorte di Sparta ei tiene; e tu mi chiedi, o madre, quel che da lui sperare Agide possa?

ATTO TERZO

SCENA PRIMA

AGIDE.

Non giunge ancor Leonida: l'invito sdegna fors'ei? non l'ardiria: quí 'l debbe trar, se non altro, or la vergogna. Udiva il popol dianzi il generoso prego, ch'io gl'inviai per ANFARE: riguardi possenti, e molti, ancor lo stringon; molto timor si annida entro il suo cor, bench'egli vincitor sia. Potessi, ah! pur potessi dal suo temer l'util di Sparta io trarre!… Ma al fin vien egli: oh! di regal corteggio si adorna? e ben gli sta. S'incontri.

SCENA SECONDA

AGIDE, LEONIDA, SOLDATI.

AGIDE. A udirmi

ne vieni, o re, pria che ad altr'opre?…

LEONIDA. A udirti

or vengo io, sí…

AGIDE Dunque, a te solo io chieggo di favellar…

LEONIDA. Traetevi in disparte.— Eccomi solo: io t'odo.

AGIDE A te non parlo, quale a suocero genero; ancor ch'io oltre ogni dire una consorte adori, ch'è delle figlie esemplo.

LEONIDA. Alto legame ell'era, è ver, fra noi, pria che di Sparta tu mi cacciassi in bando.

AGIDE. Il so; né debbo parlarten ora, poiché allor tel tacqui. Non ch'io allor l'obliassi, e il sai; ma in core Sparta allor favellavami, al cui grido ogni altro affetto in me taceasi, e tace.— Di Sparta il re, di me il nemico sei: ma, se nol sei di Sparta, oggi dai Numi giá protettori della patria chieggio, e impetrar spero, un sí verace e forte alto parlar, che da me stesso or vogli apprender tu pronto e sicuro il modo, onde ottenere oltre tue brame forse…

LEONIDA. Oltre mie brame? E ciò ch'io brama, il sai?

AGIDE Di me vendetta, a tutte cose innanzi, brami, e l'avrai; dartela piena io voglio. Durevol possa, è il tuo desir secondo; e additar ten vogl'io la vera base. Né basta; io t'offro alto infallibil mezzo, onde acquistar cosa ben altra, a cui forse il pensier mai non volgesti; e tale, che pur (dov'ella ad acquistar sia lieve) tu sprezzarla non puoi. Perenne, immensa procacciartela ancora…

LEONIDA. E fia?…

AGIDE La fama.

LEONIDA. —Meglio sai torla, che insegnarla altrui— Meco il trono occupasti; al ben di Sparta meco tu allor, per comun gloria nostra, concorrer mai non assentivi: al tuo privato ben tu sol pensavi, e a farti su la rovina del mio nome un nome. Quindi all'esiglio me, Sparta al suo rogo, spingevi tu. Non io perciò disegno far mie vendette; io ben di Sparta afflitta farle or dovrei; ma il vieta a me di vera pace l'amor: pace, cui presti ancora sono a sturbare (abbenché invano) i tuoi pessimi tanti. Amor di pace, in somma, di Sparta a nome ora ad offrirti trammi perdono intero…

AGIDE Intero? è troppo.—Or via, nessun quí c'ode; il simular, che giova? Ch'io non ti legga in cor, tu giá nol credi; che tu il cangiassi, creder nol mi fai. Cred'io bensí, che il tormi e scettro e possa, per or non basti a far sul trono appieno securo te. Ben sai, che infin ch'io vivo, un altro re collega tuo crearti ligio non puoi: ma, né pur osi a un tempo uccider me, perché dei molti in core sai che tuttora io regno. Ecco i veraci tuoi piú ascosi pensieri: odi ora i miei.— Io, mal mio grado, entro all'asil mi chiusi; spontaneo n'esco; e oppor poss'io, se il voglio, alla forza la forza: all'arte opporre l'arte, né il so, né il voglio. Omai convinto esser tu dei, che in mio favor né stilla versare io vo' di cittadino sangue. Solo or mi vedi; in tuo poter mi pongo; supplice me per la mia patria miri: non che la vita, io son per essa presto a darti la mia fama.

LEONIDA. E intatta l'hai, questa tua fama che offerirmi ardisci?

AGIDE. Intatta, sí, del tutto; e non indegna d'Agide; e troppa, agl'invidi tuoi sguardi.— Me tu abborrisci; adoro io Sparta: or odi come al mio amor, e all'odio tuo, potresti servire a un tempo. Io libertá, grandezza, virtude impresi a ricondurre in Sparta, col pareggiarne i cittadin fra loro. Tu, coi piú rei, di opporviti, ma indarno, mai non cessasti; e non, che vero e immenso tu non vedessi in ciò il comun vantaggio; non, che virtú co' suoi divini raggi via non s'aprisse entro il tuo chiuso petto, senza pure infiammarlo: ma in tuo petto l'amor dell'oro, e di soverchia ingiusta possa, vincea d'assai l'util di Sparta, di veritade il grido, e il folgorante scintillar di virtú. Pubblica, e vera Spartana voce dal tuo seggio allora te rimovea, chiamandoti nemico di Sparta: e tu la insopportabil taccia né smentir pur tentavi. In bando poscia, proscritto, errante (il sai) vilmente ucciso stato saresti; io nol soffria: né il dico per rinfacciartel ora; ma per darti prova non dubbia, ch'io base posava ai disegni alti miei l'alte spartane opre bensí, non la rovina tua.

LEONIDA. E in ciò pur, mal accorto, error non lieve tu salvandomi festi.

AGIDE E chiara ammenda tu ne farai, me trucidando. I mezzi sol ne impara da me.— Sparta piú inclina a libertá, che a tirannia: per certo tienlo, ancorché per ora imposto il freno aspro di re tu le abbi. Un breve sdegno dei piú contro all'infame Agesiláo, or ti ha riposto in trono, e lui cacciato d'eforo: or me de' suoi delitti a parte havvi chi pone, e non a torto affatto, finch'io pur taccio. A disgombrar del tutto su me tal dubbio, or tu non trarmi; è lieve troppo il mostrar, che Agesiláo tradiva Agide e Sparta a un tratto; ove ciò chiaro a tutti io faccia, allor tu forza usarmi non puoi, senza a te nuocere.

LEONIDA. Tu il credi?

AGIDE. Tu il sai. Ma, non temere. Io di Spartani Spartano re volli essere; te lascio re di costoro. A far me reo non basta niuna tua forza: in faccia a Sparta, io voglio, io, colpevole farmi; io darti intera palma di me; pur che tu stesso farti grande ti attenti, e di grandezza vera, contra tua voglia.

LEONIDA. Invan mi oltraggi…

AGIDE. Adempi tu stesso, or sí, quant'io giá audace impresi a pro di Sparta e di sua gloria. In seggio riponi or tu, non le mie, no, ma l'alte, libere, maschie, sacrosante leggi del gran Licurgo; povertá sbandisci in un coll'oro; ella dell'oro è figlia: del tuo ti spoglia: i cittadin pareggia: te fa Spartano, e in un, Spartani crea:… Ciò far voll'io; tu il compi, e a me ne involi la gloria eterna.—Ove ciò far mi giuri, a Sparta innanzi or mi puoi trar qual reo; e dir, ch'io velo a mie private mire fea del pubblico bene; e dir, che iniquo era il mio fin, non le mie leggi. A questo aggiungerai, che rinnovar tu stesso vuoi con mente migliore e cor piú schietto. di tua cittá la gloria. Intera Sparta udrammi allor di meritata morte accusar reo me stesso; e dir, che mie eran le ingiurie e víolenze usate da Agesiláo; dirò, ch'io in lui creava un precursor di tirannia; che un saggio voll'io per lui della viltá Spartana. Ciò basterá, cred'io. Morte, che darmi or tu non puoi, che a tradimento, (il vedi) l'avrò cosí dai cittadini miei, e parrá lor giustissima. La fama, che in me ti offende, e che a me tor non puoi, io me la tolgo, e a te la dono. Io moro, tu regni; ambo contenti: a te non toglie fama il regnare; a me l'infamia in tomba portar pur lascia l'unica mia speme, che a nuova vita abbia a risorger Sparta.

LEONIDA. —Vil m'estimi cosí?

AGIDE. Grande t'estimo; poich'atto a compier la mia grande impresa te credo…

LEONIDA. A' tuoi disegni empj, dannosi, io por mano?…

AGIDE. Me spento, appien tu scarco d'invidia resti: e gli alti miei disegni, con tuo vantaggio, e in un, con quel di Sparta, puoi compier tu. Di mia grandezza ardisci grande apparir tu stesso: invido fosti; or, col mio sangue la viltá tua prisca tu ammanti appieno. A non sperata altezza l'animo estolli, e al trono tuo ti agguaglia.

LEONIDA. Maggior di te, dei cittadini il grido giá abbastanza mi fea; ma il perdonarti, se a me il concede Sparta, assai darammi piena palma di te. Ch'io a Sparta intanto ti appresenti, m'è d'uopo.—Altro hai che dirmi?

AGIDE. A dirti ho sol, ch'esser non sai tu iniquo, né sai fingerti buono.

LEONIDA. Or, che i tuoi sensi tutti esponesti, anzi che a Sparta involi te di bel nuovo il tempio, in carcer stimo doverti io trarre.—Olá, soldati…

AGIDE. Io vado securo in carcere, qual non sei tu in trono. Sparta entrambi ci udrá; né meco a fronte star potrai tu.—Se in carcere mi uccidi, te stesso perdi; e il sai. Pensa, e ripensa; a te salvare, a uccidermi, niun mezzo, che quel ch'io dianzi t'additai, ti resta.

LEONIDA.

Io 'l tengo al fine. Inciampi molti, è vero, e gran perigli incontro: eppur, vogl'io quest'orgoglioso insultator modesto, spegnere il voglio, anco in mio danno espresso. Ma il trucidarlo è nulla, ove la fama non gli si tolga pria: ciò sol può darmi secuto regno.— Ah! che pur troppo io 'l sento! Né so dir come; anche al mio core un raggio vero divino al suo parlar traluce, e mel conquide quasi... Ah! no: mi squarcia, mi sbrana il cuor, quella insoffribil pompa di abborrita virtú. Pera ei: si uccida;... s'anco è mestier, per spegner lui, ch'io pera.

SCENA QUARTA

AGIZIADE, LEONIDA, AGESISTRATA.

AGIZIADE. Padre, e fia vero?… a tradimento… Oh cielo!

Infra soldati il mio consorte?…

AGESISTRATA. È questa la tua fede, o Leonida?

LEONIDA. Qual fede? Che promisi? Giurato a Sparta ho fede, non ad Agide mai.

AGIZIADE. Deh! padre amato, alla tua figlia,… oimè!…

AGESISTRATA. Spontaneo forse non uscia dell'asilo? e solo, e inerme, e di sua voglia, ei non venia di pace a parlamento or teco? E tu, dagli empj tuoi sgherri il fai nel carcer trarre? e contra il decoro di re, contra il volere di Sparta stessa?… Iniquo…

LEONIDA. E pianti, e oltraggi, vani del par sono a piegarmi, o donne. Il primo io son de' magistrati in Sparta, non di Sparta il tiranno. Agide reo, gli efori e Sparta giudicarne or denno; innocente, tornarlo al seggio prisco gli efori e Sparta il ponno. Ov'ei si fesse del tempio asilo, o della plebe scudo, né innocente né reo possibil fora chiarirlo mai. Tempo è, ben parmi, tempo, che Sparta esca dall'orrido travaglio del non saper s'ella ha due re, qual debbe, o s'un glien manca.

AGIZIADE. Ah padre!… Agide in vita ti serba, e tu in catene Agide traggi? Gli dai tua figlia, e torgli vuoi sua fama? Anco reo, (ch'ei non l'è) tu ne dovresti pigliar, tu primo, or le difese. Io diedi non dubbia a te dell'amor mio la prova, nell'avversa tua sorte; or, nell'avversa d'Agide, a lui nulla può tormi: o in ceppi col tuo genero porre anco tua figlia, o trarne lui, ti è forza: abbandonarlo, per preghi mai, né per minacce io mai non vo'. Di lui non piglierai vendetta, che sopra me del par non caggia: il sangue versar tu dei di quella figlia istessa, che abbandonava, per seguirti in bando, la patria, e il trono, ed il marito, e i figli.

AGESISTRATA. Oh vera figlia mia, non di costui!… Spartana figlia e moglie, a non spartano padre indarno tu parli.—Invidia vile, vil desio di vendetta il cor gli chiude, e il labro a un tempo.—E che diresti?… In core tu giurasti, o Leonida, l'intero scempio d'Agide, il so; tutti conosco gli empj raggiri tuoi. Ma, se pur darci morte potrai, (che la mia vita e quella del mio figlio son una) invan tu speri torre a noi nostra fama. A te la tua… Ma, che dich'io? l'hai tu?—Scopo non altro fu in te giammai, che di serbar col regno le tue ricchezze, e accrescerle. Dell'oro l'arte imparasti di Seleuco in corte, e l'arte in un di sparger sangue. In Sparta persian tu regni; e la uguaglianza quindi dei cittadin paventi, onde ben tosto ne sorgeria virtute; onde dal trono di nuovo espulso appien per sempre andresti: né il tuo cor osa a piú che al trono alzarsi.

LEONIDA. Né le tue ingiurie l'animo innasprirmi, né le tue giuste lagrime ammollirlo possono omai. Sparta, non io, si duole d'Agide, e a darle di se conto il chiama. Forza non altra usar gli vo', (né s'anco il volessi, il potrei) fuorché di torgli ogni via di sottrarsi al meritato giusto gastigo…

AGESISTRATA. Giusto?—Oserai, dimmi, quí appresentarlo, in questo foro, a Sparta tutta adunata, e libera dal fiero terror dell'armi tue?

LEONIDA. Noto finora non m'è il voler degli efori; ma…

AGESISTRATA. Noto mi è dunque il tuo, pur troppo! Agide innanzi, non agli efori compri, a Sparta intera tratto esser debbe; o verrá Sparta a lui. Ciò ti prometto, ancor che inerme donna; se pria del figlio me svenar non fai.

LEONIDA, AGIZIADE.

AGIZIADE. Io dal tuo fianco non mi stacco, o padre; non cesso io, no, di atterrarmi a' tuoi piedi, non tue ginocchia d'abbracciar, se pria lo sposo a me non rendi; o se con esso me di tua man tu non uccidi.

LEONIDA. O figlia diletta mia; deh! sorgi; a me dal fianco non ti partir, null'altro io bramo. Hai meco generosa diviso i tanti oltraggi di rea fortuna, è ben dover, che a parte della prospera sii: niun piú possente sará di te sovra il mio cor: te voglio, sotto il mio nome, arbitra far di Sparta: né cosa mai…

AGIZIADE. Che parli? Agide chieggo; null'altro io voglio. A me tu il desti; e torre, no, non mel puoi, se vita a me non togli; né torlo a Sparta, senza orribil taccia d'ingiusto re, d'uom snaturato e atroce.

LEONIDA. Come acciecarti or tanto puoi? Non vedi, ch'Agide è reo? ma fosse anche innocente; non vedi, ch'egli in mio poter non stassi? Gli efori udirlo, giudicare il denno gli efori: nulla io per me sol non posso, né a pro, né a danno suo.

AGIZIADE. Sei padre; m'ami; a fera prova il filíal mio amore hai conosciuto; e simular vuoi pure con la tua figlia?—A tradimento, or dianzi, il potevi tu solo al carcer trarre, e innocente salvarlo or non potresti? Deh! non sforzarmi a crederti…

LEONIDA. Che vale? Nulla in ciò posso: anzi, è mestier ch'io tosto d'Agide conto, e del mio oprare a un tempo, renda agli efori.

AGIZIADE. Ah, no! piú non ti lascio: né crudo ordin puoi dar, che in parte anch'egli su la tua figlia non ricada…

LEONIDA. Or cessa; torna alla reggia mia…

AGIZIADE. Teco men vengo. Tutto farai, tutto dei fare, o padre, pel tuo innocente genero, che salva t'ebbe la vita... Ah! no, svenar nol puoi, se la tua propria figlia non uccidi.

ATTO QUARTO

SCENA PRIMA

Limitare del carcere di Sparta.

LEONIDA, ANFARE, POPOLO che si va introducendo.

ANFARE. Tardo assai giungi; e il tempo stringe.

LEONIDA. Al padre l'indugio dona: mi fu forza or dianzi fin nella reggia accompagnar la figlia. Io dal fianco spiccarmela a gran pena potea, sí forte ella in pianto stempravasi per lo suo sposo. Assai gran doglia in core il suo pianto mi lascia.

ANFARE. E che? turbato, commosso sei? Piú della figlia forse ti cal, che non di tua vendetta?

LEONIDA. Abborro Agide piú, che non m'è caro il trono: ma pure, i detti della figlia, e i pianti, duri a me sono.—Eccomi all'opra: il tutto disposto hai tu?

ANFARE. Nol vedi? In questo vasto limitar delle carceri mi parve fosser da porsi i seggi nostri; il loco, men capace che il foro, assai men feccia ragunerá di plebe: ma pur tanta introdur quí sen può, quanta n'è d'uopo a nostre mire. Havvi all'entrar chi veglia, e in copia ammette i nostri fidi.—Or mira; giá piú che mezzo è riempiuto il loco; né alcun v'ha quasi degli avversi a noi. Per anco il grido non s'è sparso appieno del gran giudizio: e spero, anzi che giunga a intorbidarlo con sua fera scorta l'ardita madre, avrem compito il tutto.

LEONIDA. Ma, sei tu certo, che tornarne a danno or non possa tal fretta?

ANFARE. Oltre la nostra dignitá, stan per noi forze non poche. Grande accortezza, or nell'espor le accuse, vuolsi; e giusti mostrarci ai nostri stessi dobbiamo, e del lor ben, piú che del nostro, caldi amatori. Alcun tumulto forse insorger può; previsto è giá. Ma

31

basta per noi, che piú non esca Agide vivo di queste mura. Al primo impeto audace della plebe far fronte i tuoi soldati, e i cittadini nostri appien potranno, e degli efori il nome, e l'ardir tuo. Tempo intanto si acquista; e avrem dal tempo piena poi la vittoria...

LEONIDA. Ecco il senato; ecco gli efori tutti: il popol molto li segue, e par non torbido in aspetto; lieto anzi par di assistere all'accusa di un re sovvertitore. Ardire, ardire. Mentr'io gli animi lor, con opportune lusinghe adesco, al carcer entra, e in breve Agide a noi ben custodito traggi.

<h2 style="text-align:center">SCENA SECONDA</h2>

LEONIDA, POPOLO, EFORI, SENATORI, ciascuno collocato ordinatamente.

LEONIDA. —Lode agli Dei! quí radunarsi veggio i cittadini veri; e non frammisti con la torbida, audace, e sozza plebe, che col numero suo voi ne strascina negli error suoi, mal grado vostro.—A Sparta inaudito spettacolo si appresta; il maggior, che ad uom libero mai possa appresentarsi: un vostro re, dai vostri efori tratto, ed accusato, innanzi a voi. Gli error ne udrete, e le discolpe, e il giudizio, di cui voi stessi parte sarete, spero. Io, benché re, con gioja pur ve l'annunzio. Ah! non ebb'io tal sorte in quel funesto a me, non fausto a Sparta, orribil giorno, in cui dal trono in bando cacciato, in forse della vita io stetti. Non accusato, e non udito, a ria forza soggiacqui allora; eppur, piú doglia che l'ingiusto mio esiglio, erami al core il sovvertito ordin di leggi, e il fero periglio in cui lasciava io Sparta. Instrutti voi stessi al fin dai vostri danni appieno, me richiamaste, e in un le leggi, in trono: Agesiláo, Cleómbroto, e i lor fidi efori, a Sparta traditori, in bando cacciaste. Agide resta: havvi chi reo nol vuole; e forse, ei reo non è. Ma intanto, io preso il volli, e ad altro fin nol tengo, che per chiarirlo in faccia a voi. S'ei fosse reo convinto pur mai, primier mi udreste implorar pel mio genero perdono: che agli occhi vostri, e ai miei, sua giovinezza nol rende affatto or di pietade indegno.— Efori, senatori, cittadini, la vera vostra maestá non sorse a dritto mai piú nobile di questo: conoscer oggi, e perdonare i falli dei vostri re: che sottopongo io pure oggi a voi l'opre mie. Prova non lieve del cor mio puro, e del regnar mio giusto, parmi, fia questa; ed io di darla anelo. A tremar delle leggi Agide insegni a Leonida re.—Ma, giá si appressa Agide al vostro tribunale: ed ecco ch'io taccio, e seggo; io, cittadino, attendo dai cittadin dell'alta lite il fine. Ben sostener d'ogni mia forza io giuro, qual ch'esser possa, la immutabil santa libera vostra unanime sentenza.

SCENA TERZA

ANFARE, AGIDE fra guardie, LEONIDA, POPOLO, EFORI, SENATORI.

ANFARE. Spartani, efori, re, costui ch'io traggo davanti al vero tribunal di Sparta, Agide egli è d'Eudámida. Giá il regno con Leonida ei tenne; il cacciò poscia dal trono, a cui nuovo collega assunse Cleómbroto. A voi piacque, indi a non molto, ridomandar Leonida, che il seggio ritoglieva a Cleómbroto. Nel sacro asilo allor quest'Agide fuggiva: perché fuggisse, ei vel dirá. Fin ch'egli lá ricovrava, ei re non era; il trono abbandonato avea: ma non privato era ei perciò; che non avea deposta sua dignitá, né stata eragli tolta: non innocente, poiché asil sceglieva; non reo, poiché niun l'accusava. In vostra possanza il diero oggi di Sparta i Numi, senza che víolato il santo asilo fosse da alcun di noi. Lo accuso io quindi ora, a voi tutti, di mutate, infrante, tradite leggi; di tiranniche armi in Leonida e gli efori adoprate; di tiranniche mire, a cui fea base la ribellante compra infima plebe: e, per stringere in fin tutti i suoi tanti delitti in un, di aver tradita e lesa la maestá di Sparta, a voi lo accuso.

AGIDE —Solenne in vero, e dignitosa pompa questa fia: ma, perché di affar tant'alto Sparta non è quí testimonio intera? Perché, qual suolsi ogni accusato, al foro non son io tratto?—È ver, gli efori veggio, e un re quí stassi, e del senato un'ombra: ma pur per quanto l'occhio intorno io giri, non vegg'io cittadini, altri che pochi, potenti, e misti infra gli armati sgherri. La maestá del popolo di Sparta fia questa or forse? Io, non che Sparta tutta, Grecia vorrei quí tutta a udire intenta e le tue accuse, e le discolpe mie. Or, poiché tanta è in voi de' miei delitti l'ampia certezza, or dite: a che pur tormi, con sí gran parte d'ascoltanti, a un tempo della vergogna mia cosí gran parte?

LEONIDA. Per quanto il soffra il loco, assai gran folla di cittadini or vedi, Agide, accolta. Trarti dal limitar del carcer tuo, tu il sai, che fora un cimentar pur troppo la dignitá degli efori, e la stessa tua innocenza, ove l'abbi. Udiati Sparta, del tuo asilo in discolpa, addur finora, che tor cosí tu stesso alla tua plebe de' tumulti volevi ogni pretesto, e ogni mezzo di sangue: infra sue grida, come or vorresti al suo cospetto andarne, e un giudicio ottener libero e queto?

AGIDE Questo giudicio, e il men dannoso a voi, stato sarebbe il percussor mandarmi tosto al carcer: ma questo, assai men queto fia di quel che sperate. In me non parla il timor, no; del mio destin giá certo, securo quí, del par che al foro, io vengo. Giá la sentenza mia so senza udirla: ma, non ne avrò pur danno altro giammai, che quel ch'io

34

da gran tempo ho fermo in core di aver da voi.—Giudici; e, quai che siate, voi spettatori; io vi prevengo or tutti, ch'io, condannato in queste mura e ucciso, non perciò pace col morir vi rendo, com'io il vorrei: né voi, col trarmi a morte, in sicurtá vi rimanete.—Or sia ciò ch'esser vuole. Udiam le accuse.

ANFARE. In nome io ti parlo degli efori; me ascolta.— Agide, hai tu, senza né udirlo, astretto all'esiglio Leonida?

AGIDE Chiamato ei fu in giudicio; e sen fuggia.

LEONIDA. Chiamato io fui, nol niego, ma davanti a fera tumultuante plebe. Esser potea giudicio, quello?…

AGIDE. Al par di questo, almeno. Ma, il fuggir ti fu dato: in carcer dunque non eri tu. Mezzi a me pur di fuga non mancavan finora; e al carcer venni, ed in giudicio stommi: e, qual ch'ei fia, no, nol pavento. Io 'l desiava, e godo di udire al fin; di farmi udire io godo.

ANFARE. Infrante hai tu le patrie leggi?

AGIDE Intere restituir le sacre leggi io volli del gran Licurgo: elle non fur mai tolte, ma inosservate, or da gran tempo. Opporsi volle a sí giusta e generosa impresa Leonida: pria l'arte, indi la forza oprava in ciò; ma entrambe invano: allora vinto ei piú dalla propria sua vergogna, che dalla forza altrui, per minor pena ei s'imponea l'esiglio. Ei stesso il dica, se danno io poscia, o securtade e vita a lui recassi. Al suo fuggir, sol uno, di Sparta un grido, ogni oprar suo biasmava, ogni mio benediva. Allora spenti eran gl'iniqui crediti; comuni feansi allor le ricchezze; allora in bando uscian di Sparta il lusso, e i vizj insieme, e il torpid'ozio: e risorgeano, in somma, virtude allora, e libertade. Avreste voi di negarlo ardire?—Ecco i delitti del mio breve regnar, dopo la fuga di Leonida vostro.

ANFARE. Osi tu forse negare ancor, che di tai beni all'esca colti e delusi i cittadini, in breve non fosser tratti a fero strazio? I campi promessi ognora, e non divisi mai; fatti i ricchi, mendici; entrambi oppressi; negherai tu, che a trasgredite leggi, quai tu nomi le nostre, allor la cruda tirannia di te sol non sottentrasse? E tirannide, in ciò piú ria di tanto, che a se di leggi fea mendace velo.

AGIDE Mentr'io per voi di Sparta in campo usciva, mentre agli Etoli in armi io pur mostrava, con danno lor, nuovi Spartani in armi; d'eforo fatto Agesiláo tiranno, ei commettea molt'opre in Sparta inique. Volete voi del suo fallir me reo? Io la pena ne accetto; ove pur colga d'alcune mie virtudi il frutto Sparta: virtú, che voi, di mal talento pieni, pur negar non mi ardite.—Offeso v'hanno, non di Licurgo le tornate leggi, (tant'io feci, e non piú) ma i crudi modi d'Agesiláo? che fare altro vi resta, che me svenare, e proseguir mie imprese?

ANFARE. E a disfar Sparta Agesiláo ti mosse?

AGIDE A rifar Sparta, io da me sol mi mossi, perché Spartan son io.

ANFARE. Di'; riconosci per vero re Leonida?

AGIDE Conosco un spartano Leonida, che cadde in Termopile morto, con trecento Spartani, a pro di Sparta.

ANFARE. In cotal guisa rispondi tu? La maestá sí poco del senato e degli efori rispetti?

AGIDE La maestá di Sparta osservo, e adoro, nel risponder cosí.

ANFARE. Colpevol dunque tu ti confessi?

AGIDE E me colpevol tieni tu, che mi accusi?—Omai si ponga, omai fine si ponga al simulato gioco. Discolpe io do pari all'accuse. Io venni quí, per mostrare anco ai nemici miei, ch'io cittadino re, per quanto il possa soffrir l'altezza d'animo innocente, spontaneo me sottomettea pur anco delle leggi all'abuso.—Or, quai che siate, udite, o voi, le mie parole estreme.

ANFARE. A udir, che resta?

AGIDE Assai, ma in brevi detti.

ANFARE. Nulla dei dire...

AGIDE Eforo tu, le leggi non rimembri, o non sai? Parlano a Sparta gli accusati, se il vonno. Odimi dunque tu stesso, e taci.—E voi, Spartani, udite.— In errar sete or da piú cose indotti: d'Agesiláo l'oprar, d' ANFARE i gridi, di Leonida l'arte, il tacer mio, tutto a gara ingannovvi. A tal siam giunti noi tutti omai, che a trar d'errar ciascuno, egli è mestier ch'Agide pera. Io stesso giá potea di mia mano a me dar morte libera e degna; ma, il fuggir di vita, reo presso voi fatto mi avria. Ben certo era, e sono, in mio cor, che infamia nulla, bench'io soggiaccia a giudici qualunque, mai non fia per tornarmene. Lasciarmi trar vivo io quindi a' miei nemici innanzi sceglieva, e stovvi. Che il morir non temo, vedretel voi: ch'io vendervi ancor cara potrei mia vita ove il volessi, noto faravvel tosto di adirata plebe il terribile grido: in fin, ch'io tengo piú in pregio assai, che non me stesso, Sparta, ven fará certi il morir mio.—Vi esorto, e vi scongiuro, a trarre dal mio sangue l'util di Sparta, e il vostro. I campi, e l'oro, che la mente or vi acciecano, e di pochi in man ridotti, ai possessori al pari fan danno, e a chi n'è privo; i campi, e l'oro, per non voler dividerli coi vostri concittadini, a voi fian tolti, e in breve, dai nemici. La plebe, a voi sí vile perché mendica; la spartana plebe, che abborre voi ricchi possenti e forti piú delle leggi, è molta; aspra la stringe necessitá feroce. Ove a voi giovi rimembrar, che di Sparta e di Licurgo figli son essi al par di voi, ben ponno splendor di Sparta esser costoro ancora, e in un, di voi salvezza. In altra guisa, Sparta e se stessi annulleranno, e voi. Maturo è omai, credete a me, maturo è il cangiamento: il ciel non vuol ch'io 'l vegga; ma vuol ch'ei segua: ad affrettarlo è d'uopo d'Agide il sangue, e il sangue Agide dona. Di voi pietá, non di me, sento: e queste, parole son d'uom che morir sol brama, e che non reca altro desire in tomba, che di salvar la patria sua. Giá posto d'Agide in salvo il nome: a far me grande, ch'altri ad effetto i miei disegni adduca non fia mestier; anzi, gran parte invola a me di gloria il riuscir d'altrui, dopo il tentar mio vano. Ultimo sfogo di vostra rabbia, il mio morir sia dunque; di vostra invidia spenta il frutto primo sia la virtú ripatríata, e l'alte divine leggi di Licurgo in forza tornate, e la spartana eccelsa gara di patrio amor, di libertade, e d'armi.

POPOLO Grande è l'animo d'Agide: ingannati forse noi fummo...

ANFARE. Il sete, ora, da questi sediziosi detti...

AGIDE. Efori, or quanto vi avanza a dir, m'è noto.—Appien compito ho di un re cittadin l'ufficio estremo. Io riedo al carcer mio, dalle cui mura nulla uscirá d'Agide omai, che il nome.

LEONIDA, ANFARE, POPOLO, EFORI, SENATORI.

POPOLO. Ei qual reo non favella: è forza averne maraviglia, e pietade.

LEONIDA. È ver, Spartani: sedotto ei fu da Agesiláo; par degno di perdono il suo errore. Il chieggo io stesso da voi, per lo mio genero; per quello, che la vita salvommi...

ANFARE. Or stai davanti al senato ed agli efori: con essi parlar tu dei, Leonida. Le tue ragion private ai pubblici delitti non tolgon pena; né il perdon precede mai la condanna.

LEONIDA. Io, non che darla, udirla né pur vo' dunque. Agide a morte porre non volli io, no, benché morire ei merti. Trarlo fuor dell'asilo, udirlo, e innanzi ai giudici convincerlo; ciò solo importava, ed io 'l feci: altro non resta a far contr'esso.—Ah! se del popol voce, se del re preghi vagliono al cospetto del senato e degli efori, da loro vedrassi (io spero) di clemenza, in breve, nobile al par che memorando esempio.

SCENA QUINTA

ANFARE, POPOLO, EFORI, SENATORI.

ANFARE. Generoso nemico, ottimo padre, buon cittadin, Leonida; compiute egli ha sue parti tutte: a noi le nostre di compier resta.—Agide è reo convinto di maestade lesa: a lui, qual pena giusta si aspetti, efori, il dite.

EFORI. Morte.

POPOLO. Efori, ah! grazia or vi chieggiam noi tutti, purch'ei lo stato omai non turbi…

ANFARE. Udite?… Lo udite voi, questo fragor tremendo, che a noi si appressa? In suo favor di nuovo giá tumultua la plebe. Agide vivo, e queta Sparta? ella è lusinga stolta.

EFORI. A morte, a morte il traditor ribelle; Agide muoja…

ANFARE. Ei morto fia, vel giuro.— Con la rea sozza plebe ogni aspro incontro sfuggite intanto, o cittadini. E noi, efori, noi la maestá di Sparta con giusto ardir mostriamo.— Olá, schiudete, soldati, il passo. Andiam; né vil, né altero sia il nostro aspetto. Il non temer la plebe, tosto in se stessa a rientrar la sforza.

ATTO QUINTO

SCENA PRIMA

Interno del carcere di Sparta.

AGIDE.

Fere urla io sento, e un immenso frastuono intorno al carcer mio.—Numi di Sparta, deh! salvatela voi.—Duolmi, che un ferro io non serbava, onde troncare a un tempo con la mia vita ogni tumulto. A lungo pur tardar non dovrian quei che a svenarmi mandati avrá Leonida.—Consorte,… diletti figli,… amata madre,… addio. Piú non vedrovvi!… A voi, memoria cara lascio di me… Ma, per la madre io tremo: sta in poter di Leonida… Che ascolto? Chi vien? Si schiude il carcere!… Che miro?… O mia sposa…

SCENA SECONDA

AGIDE, AGIZIADE.

AGIZIADE. Son teco, Agide amato... Dalla reggia del padre or mi sottraggo, ove a custodia ei mi tenea. La plebe, del tuo carcer la strada hammi disgombra; e di vietarmen l'adito i soldati non ebber core.—Al fin son teco.—Io vengo, sposo, a salvarti, ove salvarti io possa; o a morir teco io vengo.

AGIDE Oh dolce sposa!... Il cor mi squarci... Oh quanto il rivederti mi è gioja,... e pena!... A conservar mia vita, (ch'io 'l potrei, se il volessi, con la morte di cittadini assai) l'amor tuo vero trarmi or solo potria. Ma, il sai, che amarti piú che la patria mia, donna, nol deggio, e tu stessa nol vuoi. Me dunque lascia morire; e tu, serbati in vita; i cari pegni tu salva, i figli nostri...

AGIZIADE. Invano di Leonida al fero odio sottrargli io tenterei: barbaro padre; appieno nella prospera sorte ora il conosco; nell'avversa ingannommi. A me null'arme riman, che il pianto; egli nol cura: i nostri figli salvar dalla sua rabbia, o il puote Sparta con l'armi, o nulla il può.—Ma padre dovresti almen mostrarti; e, pe' tuoi figli, serbar tua vita...

AGIDE. Oh ciel! qual mai mi porti terribil guerra in questo punto estremo? Amo i figli, e tu il sai: ma, non ben certo è il morir loro; e certo fia, che a rivi dei cittadini scorrerebbe il sangue, s'io di forza mi armassi. E questi, e quelli, son figli miei; ma i cittadini sono di un giusto re figli primieri.—O donna, meglio di me, se sopravviver m'osi, tu puoi salvarli. Quel sublime, a un tempo tenero ardir, con cui seguivi il padre; quello, con cui del mio destin ti eleggi farti or compagna; quell'ardir sia scorta a te, per porre i figli nostri in salvo. Per quanto reo Leonida e crudele esser possa, ei t'è padre: ove i tuoi figli fra tue braccia tu stringa; ove il tuo petto agli innocenti miseri sia scudo; cuor non avrá di trucidarli. Ah! corri, vola al lor fianco, in lor difesa veglia; per essi vivi, o sol con essi muori; che al viver piú, nulla ti sforza allora.

AGIZIADE. Lassa me!... che farò?... S'io te lasciassi,... serbarmi a forza il duro padre in vita vorria;... qual vita! orba di te... Ma, s'anco vivi ei pur lascia i figli nostri, il trono a lor fia tolto... Ah! morir teco io voglio...

AGIDE Donna, deh! m'odi, e acquetati… Saresti madre or men forte, che giá figlia t'eri? L'ira mia non temevi, il dí che il padre seguivi; e i figli, e il tuo consorte amato per lui lasciavi; or, di quel padre istesso tremerai tu, quando pe' figli il lasci? Fuggir tu puoi con essi: assai grand'arme hai contra lui; la tua virtude: hai mille mezzi a tentar, pria di morire. Ah sposa! te ne scongiuro, tentali; ripiglia l'alto tuo core, e non mi torre il mio, coi non maschi lamenti. Or, deh! vorresti ch'io morissi piangendo? ah! no.—Se degna d'Agide sei, non mi sforzare a cosa che sia d'Agide indegna.

AGIZIADE. E di qual padre fu indegno mai l'amar suoi figli, il porgli a se medesmo innanzi?

AGIDE Ai figli innanzi la patria va. Sacro il mio sangue ad essa ho da gran tempo; ai nostri figli amati tu dei, s'è d'uopo, il tuo donar: ma prova d'amor ben altro ad essi e a me tu dai, se a lor ti serbi in vita. Ancor può molto, piú che nol pensi, il pianger tuo: la plebe, se Leonida no, pietade avranne; e senza spander sangue, a lei fia lieve porre in salvo i miei figli. In somma, pensa, che, te viva, non muore Agide intero. In volgar donna ammirerei, qual prova d'amore immenso e di valor sublime, il non voler sorvivere al consorte; ma da te spero, e da te chieggio, e il dei d'Agide moglie, ad infelice vita tu dei serbarti, intrepida, pe' figli… Piangendo io 'l chieggo; e ti rimanga in core questo mio pianto… Ah! per te sola al fine, e pe' fanciulli nostri, Agide hai visto lagrimar oggi.

AGIZIADE. Irrevocabil dunque fia il tuo morir?…

AGIDE La mia innocenza è certa.— Prendi l'ultimo amplesso; e ai cari pegni recalo, in nome mio. Di' lor, ch'io moro per la patria; di' lor, ch'ove al mio seggio pervenissero adulti, altra vendetta non faccian mai della morte del padre, che rinnovar su l'orme sue le leggi del gran Licurgo: e se in ciò pur, com'io, hanno avverso il destin, com'io da forti, nell'alta impresa perdano la vita.

AGIZIADE. Parlar non posso… Io… di lasciarti…

AGIDE Un fido consiglio avrai, nella mia degna madre;… s'ella pur resta!—Or via; lasciami; vanne. Moglie, regina, madre, cittadina, Spartana sei; tuoi dover tutti adempi.

AGIZIADE. Per sempre?… oh ciel!…

AGIDE. Deh! cessa.

AGIZIADE. Il piè tremante mal mi regge…

43

AGIDE. Deh! vieni: uscita appena, troverai scorta, e appoggio.

AGIZIADE. Oimè!… Si schiude la ferrea porta…

AGIDE. Guardie, a voi la figlia del vostro re consegno.

AGIZIADE. Agide… Ah crudi!… Lasciar nol voglio… Agide!… addio…

SCENA TERZA

AGIDE.

—Me lasso!… Misero me!… quante mai morti in una aver degg'io?… Dolor qual mai si agguaglia al duol di padre, e di marito?—O Sparta, quanto mi costi!… Eppur, Leonid'anco è padre: in cor grato un presagio accolgo, che alla sua figlia ei donerá i miei figli.— Or basta il pianto.—Al mio morir mi appresso: da re innocente, e da Spartano, io deggio morire… Oh come vien lenta la morte!— Ma un'altra volta, ecco, ch'io strider sento del mio carcer la porta?… e raddoppiarsi odo anca gli urli a queste mura intorno?… Che mai sará?… Chi veggio?

SCENA QUARTA

AGESISTRATA, AGIDE.

45

AGIDE. O madre… Oh cielo!…

AGESISTRATA. Figlio, mancarti all'ultim'uopo mai non ti potea la madre. Io quí ti arreco libertá, di noi degna.—In altra guisa dartela volli; ma quand'era il tempo, ogni mezzo tu stesso a me n'hai tolto.

AGIDE. E che? vuoi tu con le spartane grida?…

AGESISTRATA. Sparta invan grida. Il traditor tiranno sí ben munito ha di soldati il loco, che nulla or ponno i fidi nostri: indarno tentan sforzarli; perditor respinti sono, ed inerti, ed avviliti. Innanzi io mi spingeva a' rei soldati in mezzo; fere voci suonavanmi da tergo, per me gridando: «Empj, alla madre ardite tor l'accesso?». Mi vide ANFARE allora; loco fe darmi, e quí son tratta.

AGIDE. Iniquo!

Te pur fra lacci ei volle. Ahi madre! a quale rischio inutil per me?…

AGESISTRATA. Rischio? che parli? Appo il mio figlio, a certa morte io vengo.

Vedine, in prova, il don ch'io reco.

AGIDE. Un ferro?—Oh madre vera!—Altro desio, che un ferro, per salvar Sparta, e me sottrarre al colpo d'infame man, non accogliea nel petto: e tu mel rechi? oh gioja!—Or dammi…

AGESISTRATA. Scegli: due ferri son; quel che tu lasci, è il mio.

AGIDE. Oh cielo!... E vuoi?...

AGESISTRATA. Donna mi estimi, o madre d'Agide, tu? Pochi mi avanzan gli anni di vita: Sparta, che invan salva speri, serva è giá: la tua madre, ov'ella resti, di Leonida è serva. Or parla; io t'odo: osi tu dirmi, che a tai patti io viva?

AGIDE. Che posso io dir? son figlio.—O madre, almeno soffri che primo io pera: ancor che serva, Sparta estinta non è; quindi ancor salva, altri può farla. In libertá il mio sangue potrá ridurla forse: ma s'io, vile, per non versare il mio, lasciato avessi sparger per me dei cittadini il sangue, giá piú Sparta or non fora.

AGESISTRATA. In te (pur troppo!)

Sparta or si estingue.—Ed alla patria, al figlio

sopravviver vorrá spartana madre?—

Figlio, abbracciami.

AGIDE. Oh madre!... Anco m'avanzi nell'altezza dei sensi.—Or dammi, e prendi l'ultimo amplesso. Io lagrimar non oso nell'abbracciarti; che il tuo pianto io veggo da viril forza raffrenato starsi sopra il tuo ciglio.

AGESISTRATA. Agide mio,... sei degno di Sparta in vero;... ed io di te son degna.— Ch'io ancor ti abbracci... Oh! qual fragore?...

SCENA QUINTA

LEONIDA, ANFARE, SOLDATI col brando ignudo, AGIDE, AGESISTRATA.

LEONIDA. Al fine vinto abbiam noi.

AGESISTRATA. Che fia?

AGIDE. Deh! non scostarti da me.

ANFARE. Soldati, ucciso Agide sia, pria della madre.

(I soldati si muovono contr'Agide.)

AGIDE. Il tuo pugnal nascondi, com'io, per poco; ed aspettiamgli; e taci.

(I soldati vedendo Agide immobile che gli aspetta, a un tratto tutti si arrestano.)

ANFARE. Or, chi v'arresta? a che indugiate? A forza disgiungeteli tosto.

AGIDE. In noi por mano qual di voi, qual, si attenterebbe?—Il vedi, re Leonida, il vedi? anco i tuoi stessi compri soldati, instupiditi stanno d'Agide a fronte immobili.—Ma, voglio trarti tosto d'angoscia. A te sol'una cosa richieggo.

LEONIDA. E fia?

AGIDE. Che intento vegli su la tua figlia, affin che me non segua.

LEONIDA. T'ama ella tanto?

47

AGIDE. Piú che non mi abborri.— Ma te pur ama, e ten dié prova; e in somma, tu sei pur padre: i detti ultimi miei fur questi.

(Brandisce in alto il ferro, e si uccide.)

—Io moro.—Pur… che… a Sparta giovi.

ANFARE. Un ferro egli ha?

AGESISTRATA. Due ne recai.

(Palesa anch'ella il suo ferro, e si uccide.)

—Ti seguo,…

o figlio;… e morta… sul tuo… corpo… io cado.

LEONIDA. Di maraviglia, e di terror son pieno… Che dirá Sparta?…

ANFARE. I corpi lor si denno alla plebe sottrarre…

LEONIDA. Ah! mai sottrarli, mai non potrem, dagli occhi nostri, noi.